मुहम्मद

आख़िरी पैग़म्बर

उज़मा औसाफ
अनुवादकः अभिज्ञा

Om KIDZ
An imprint of Om Books International

First Published in 2020 by

Om KIDZ | Om Books International

Corporate & Editorial Office
A-12, Sector 64, Noida 201 301
Uttar Pradesh, India
Phone: +91 120 477 4100
Email: editorial@ombooks.com
Website: www.ombooksinternational.com

Sales Office
107, Ansari Road, Darya Ganj
New Delhi 110 002, India
Phone: +91 11 4000 9000
Email: sales@ombooks.com
Website: www.ombooks.com

Author: Uzma Ausaf
Translator: Abhigya
Artists: Manoj Prasad, Gaurav Bhandari, Harish Arya

ISBN: 978-93-5376-339-8

Printed in India
10 9 8 7 6 5 4 3 2 1

DISCLAIMER: The visuals used in this book attempt to evoke the spirit of Islam. They bear no resemblance to any of the prophets of Islam, their wives, companions or the four caliphs.

विषय-सूची

शुरुआती दिन

मुहम्मद इस्लाम धर्म के अंतिम पैग़म्बर थे। उनका जन्म 570 ईसवी में मक्का में हुआ था। उनके पिता अब्दुल्ला इब्न अब्दुल मुत्तलिब का निधन मुहम्मद के जन्म से पहले हो गया था। उन्होंने अपनी माँ अमीना को छह साल की उम्र में खो दिया, और दादा अब्दुल मुत्तलिब को उसके कुछ ही समय बाद। मुहम्मद की देखभाल और पालन पोषण उनके चाचा ने किया। दोनों के बीच घनिष्ठ सम्बंध थे, जो मुहम्मद के 40 साल की उम्र में पैग़म्बर बनने के बाद भी कायम रहे।

मुहम्मद एक विचारशील बालक थे। अपनी उम्र के अन्य बालकों से परे, वे बकरियों को चराते समय कई घंटे एकांत में जीवन के कारण पर विचार करते रहते थे। वे अपनी प्रतिष्ठा के लिए जाने जाते थे। उन्होंने

कभी किसी से लड़ाई नहीं की और हर समस्या का शांतिपूर्ण समाधान खोजने की कोशिश की। मुहम्मद को अहमद भी कहा जाता था, जिसका अर्थ है "जिसकी प्रशंसा की जाती हो"।

युवा अवस्था में, अनपढ़ मुहम्मद ने अपने चाचा के साथ व्यापार कारवां में यात्रा की और सफलतापूर्वक व्यापार करने में ख्याति प्राप्त की।

ख़दीजाह की नज़र में आना

ख़दीजाह एक व्यापारी महिला थी; वह दो बार विधवा हो चुकी थी, और उसका धन उसके समय के सबसे अमीर लोगों की कुल संपत्ति से अधिक था। जब उसने मुहम्मद की व्यापार कुशलता और ईमानदारी की कहानियाँ सुनीं, तो उसने उन्हें सीरिया में एक व्यापार कारवां की जिम्मेदारी सौंपी, जहाँ मुहम्मद ने उसके लिए अच्छा लाभ कमाया।

एक बार मयसरा नाम का एक व्यक्ति व्यापार करने के लिए मुहम्मद के साथ गया। जब मुहम्मद आराम करने के लिए एक पेड़ के नीचे बैठे, तो नुस्तूर नाम के एक ईसाई पादरी मयसरा के पास पहुंचे और मुहम्मद के बारे में पूछताछ की। नुस्तूर ने भविष्यवाणी की, कि मुहम्मद अल्लाह के आख़िरी पैग़म्बर बनेंगे।

ख़दीजाह इस भविष्यवाणी से अनजान थी। उन्होंने खुद से पन्द्रह साल छोटे मुहम्मद से शादी की। इस कारण बहुत से अमीर लोग, जो ख़दीजाह से शादी करना चाहते थे, मुहम्मद से नाराज़ हो गए। उन दोनों की खुशहाल शादी थी। वे चार बेटियों से सम्पन्न हुए।

पैग़म्बर की गुफा

मुहम्मद आध्यात्मिक स्वभाव के थे। एकांत और शांति के क्षणों के लिए वह हीरा की गुफा में अवकाश लेते थे। जब वह हीरा की गुफा में ध्यानमग्न होते थे, तो ख़दीजाह उनके लिए भोजन लाया करती थी।

ऐसी ही एक रात देवदूत जिबराईल मुहम्मद से मिलने आए। मुहम्मद कांपने लगे। जिबराईल ने मुहम्मद को पढ़ने के लिए कहा, लेकिन मुहम्मद वैसा नहीं कर सके। जिबराईल ने मुहम्मद को अपने बाद दोहराने के लिए कहा, "इकरा बिस्मिकलाजी"। यह कुरान की पहली पंक्ति है। इसके बाद देवदूत चले गए और मुहम्मद काँपते हुए गुफा से नीचे आए।

ख़दीजाह ने मुहम्मद की बात पर विश्वास किया; वह इस्लाम को अपनाने वाली पहली महिला थी। यह 610 ईसवी था और 40 वर्षीय मुहम्मद पैग़म्बर बन गए थे। वह उस कड़ी में आख़िरी थे जो कि आदम के साथ शुरू हुई थी। ईसा ने, जो खुद ही पैग़म्बर थे, 600 साल पहले ही यह भविष्यवाणी की थी।

आदम → शेथ → इदरीस → नूह → हुड → सलेह → इब्राहिम → लूट → इस्माइल → इशक → याकूब → अय्यूब → शोऐब् → मूसा और हारून → जुल-किफ़्ल → दाऊद → सुलेमान → अलयसँ → इल्यास → युनूस → ज़कारिया → याह्या → ईसा → मुहम्मद

एक क्रांति की शुरुआत

जिबराईल ने मुहम्मद को सिखाया कि इबादत से पहले वजू कैसे करें और नमाज़ कैसे पढ़े। मुहम्मद ने फिर यह सब अपनी पत्नी को सिखाया, और अपने चचेरे भाई अली, दत्तक पुत्र जैद और अबू बकर को भी, जो कि उनके सबसे वफादार साथियों में से एक थे। मुसलमान आज भी दुनिया भर में इन रिवाजों का पालन करते हैं।

अन्य नबियों के विपरीत, मुहम्मद पूरी मानवता के लिए मार्गदर्शक थे। मुहम्मद ने केवल अल्लाह की इबादत का उपदेश दिया। वह अल्लाह, जिसके कोई समान नहीं, जिसका कोई पिता नहीं और कोई संतान नहीं। शुरुआत में मुहम्मद और उनके साथी मक्का के बाहर इबादत किया करते थे। उन्होंने सभी के लिए अपने धर्म की घोषणा नहीं की, लेकिन ऐसे लोगों की तलाश की जिन्हें वे काबिल और ईमानदार मानते थे।

धीरे–धीरे, लोगों को पता चला कि मुहम्मद एक पैग़म्बर होने का दावा कर रहे थे और वे केवल एक ही खुदा की इबादत का उपदेश देते थे। इसने अरब जगत के उन लोगों के विचारों को चुनौती दी, जो अपने परिवार के देवताओं जैसे लाट, नैला और उज़्ज़ा की पूजा करते थे।

तीन वर्षों के लिए पैग़म्बर ने शांतिपूर्ण रूप से केवल कुछ व्यक्तियों को उपदेश दिया, जिसके बाद उन्होंने आम लोगों को इस्लाम की तह में आमंत्रित करना शुरू किया।

एक बार, उन्होंने एक दावत रखी और अपने सभी निकट और प्रिय लोगों को आमंत्रित किया। दावत के बाद उन्होंने उन लोगों को इस्लाम से परिचित कराने की कोशिश की। उनके चाचा अबू लहब ने मुहम्मद का यह कह कर विरोध किया कि मुहम्मद ने अपने पुरखों का मजहब छोड़ कर एक नया मजहब शुरू किया है।

उस शोर में मुहम्मद की आवाज ही नहीं सुनी जा सकी। कुछ समय बाद, उन्होंने एक और दावत का आयोजन किया। लोग मुहम्मद की शिक्षाओं के पहले से ही खिलाफ हो चुके थे। एक किशोर लड़के के अलावा, वे सभी दावत से चले गए।

मुहम्मद ने अरब दुनिया के रिवाज के अनुसार एक पहाड़ी पर चढ़ाई की और लोगों को खतरे की चेतावनी दी। "कुरेश के लोगों, ख़ुद को अल्लाह के कहर से बचाओ। नरक की आग से बचने का एक ही तरीका है। और वह

है कि तुम यह मानो कि सिर्फ अल्लाह ही की इबादत की जाए, और मुझे उसके पैग़म्बर के रूप में माना जाए।" इस्लाम एक धर्म के रूप में बढ़ने लगा था।

साथियों की इथियोपिया की ओर यात्रा

विरोधियों ने पैग़म्बर को परेशान करना जारी रखा। वे उन पर पत्थर फेंकते थे; रात के समय उनके घर के सामने मिट्टी फेंक दिया करते थे। पैग़म्बर की दो बेटियों की शादी अबू लहब के बेटों से हुई थी। अबू लहब के कहने पर उसके बेटों ने उन्हें छोड़ दिया। परन्तु, इसके बावजूद भी पैग़म्बर डगमगाए नहीं।

जैसे-जैसे मुहम्मद की प्रसिद्धि बढ़ी, वैसे ही उनके दुश्मन भी बढ़ते गए। एक दिन, जब मुहम्मद नमाज़ पढ़ रहे थे, उनके दुश्मन अबू जहल ने एक पत्थर से मुहम्मद के सिर पर वार करने की कोशिश की। जब भी अबू जहल पत्थर उठाता, उसके सामने एक भयानक आग जल जाती, जिससे वह पत्थर गिराने को मजबूर हो जाता। मुहम्मद के साथियों को भी सामाजिक और आर्थिक बहिष्कार का सामना करना पड़ा। यासिर, सुमैया और अम्मार जैसे अनुयायियों को इस्लाम के दुश्मनों ने प्रताड़ित किया। सुमैया इस्लाम का पहला शहीद बना।

पैग़म्बर ने उन्हें बादशाह नेगस शासित देश इथियोपिया जाने के लिए कहा, जो अपनी न्यायप्रियता के लिए जाने जाते थे। ग्यारह पुरुष और चार महिलाएँ नाव पर रवाना हुए, लेकिन कुरेशों ने उनका पीछा किया और बादशाह

नेगस से उन्हें निकाल देने के लिए कहा। बादशाह ने प्रवासियों से मुलाकात की, और उन्हें कुरान के बारे में बताने के लिए कहा। कुरान का प्रचार 610 ईसवी में शुरू

हो गया था, और अब तक कई लोगों को उसके शब्द याद हो चुके थे। सूराह मरियम में अल्लाह के वर्चस्व की बात की गयी है, और सभी पैग़म्बरों और आम विश्वास करने वालों के लिए अल्लाह की मदद और न्यायप्रियता

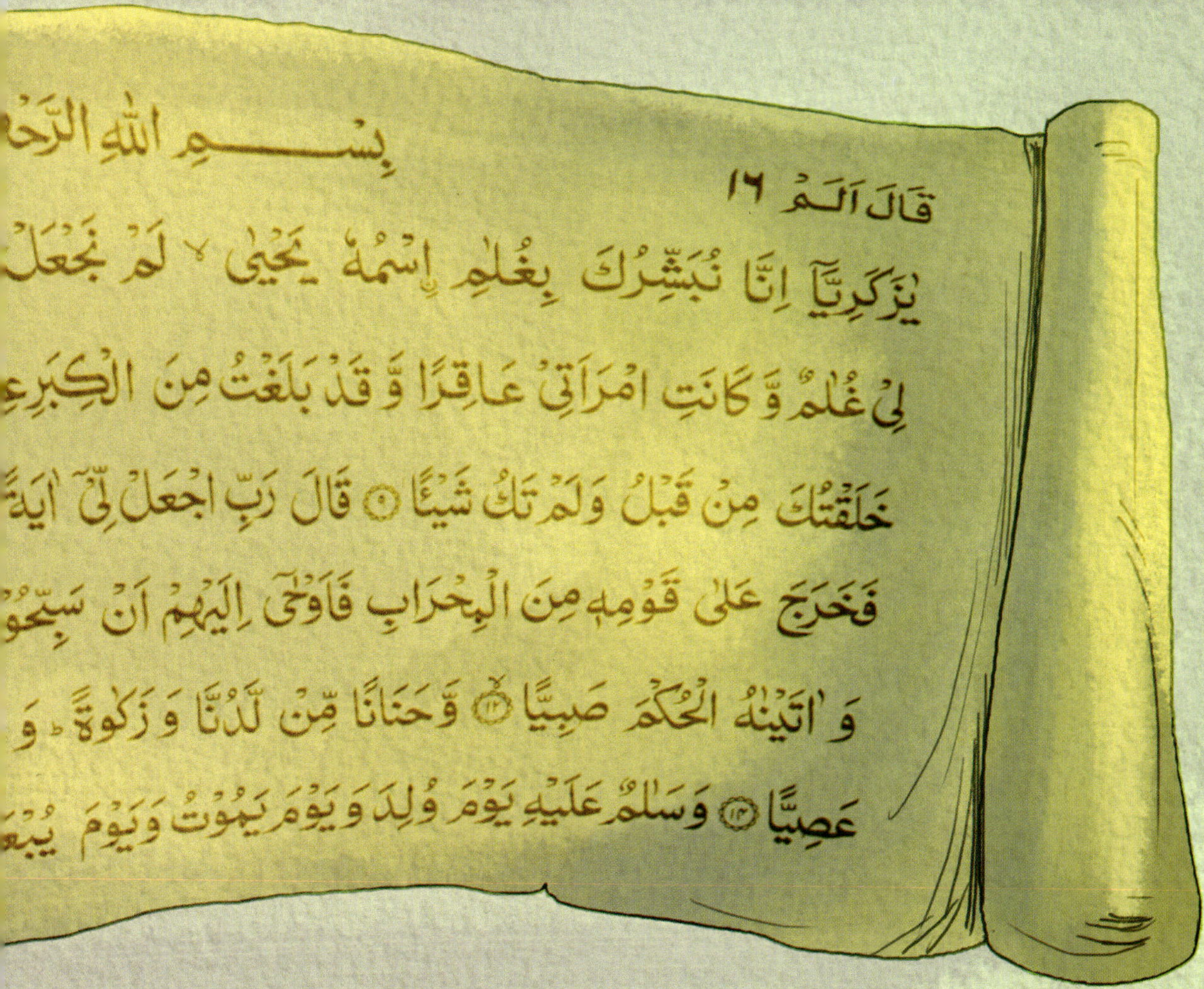

की चर्चा की गयी है। उसे सुनकर राजा की आँखों में आँसू आ गए। उन्होंने मुसलमानों को पूरी सुरक्षा दी, और उन्ही के माध्यम से इस्लाम अफ्रीका के बाक़ी हिस्सों में फैला।

दुख का वर्ष

एक रात, कुरेश कबीले के तीन सदस्य, अबू जहल, अबू सुफयान और अखनान, पैग़म्बर के घर आए और कुरान का पाठ सुनते हुए एक दूसरे की उपस्थिति से अनजान, दीवार से सटकर बैठ गए। जब सुबह हुई तो उन्होंने एक-दूसरे को देखा। वे जानते थे कि मुहम्मद का संदेश सत्य था, लेकिन फिर भी उन्होंने उसे स्वीकार नहीं किया, क्योंकि इससे उनकी सामाजिक प्रतिष्ठा नष्ट हो जाती। वे पैग़म्बर का विरोध करते रहे और मुसलमानों को व्यापार से वंचित करते रहे। अधिक से अधिक मुसलमानों के इथियोपिया चले जाने की वजह से, मक्का में मुहम्मद के कुछ ही अनुयायी

बचे रह गए थे। मक्का में मुसलमानों को भुखमरी का सामना करना पड़ा, लेकिन मुहम्मद के चाचा तालिब, उनकी पत्नी ख़दीजाह, उनके नए साथी उमर ने उनकी मदद की–जिन्होंने हाल ही में इस्लाम को अपनाया था।

उमर का बेटा हिशम रात के सन्नाटे में मुसलमानों के लिए भोजन और कपड़े लाता था।

उनकी मदद से, मुसलमान कारावास से बाहर आ गए और उनका आर्थिक बहिष्कार समाप्त होने लगा।

आत्मज्ञान की प्राप्ति के बाद, दसवाँ वर्ष, मुहम्मद के लिए निजी स्तर पर दुखों से भरा हुआ था। उनके चाचा तालिब बीमार पड़ गए और उनका निधन हो गया। इसके तुरंत बाद, उनकी पत्नी ख़दीजाह जिसने हर वक़्त उनका साथ दिया था, उसकी भी मृत्यु हो गई। इतना कुछ खो कर भी मुहम्मद ने हिम्मत नहीं हारी।

तैफ़ से लौटाया जाना

अपने दुखों को पीछे छोड़ते हुए, पैग़म्बर ने सौदा और बाद में आयशा से शादी की। काफ़िरों के अत्याचार ने उन्हें मक्का से लगभग साठ मील की दूरी पर, तैफ़ की ओर जाने के लिए मजबूर कर दिया। पर तैफ़ के लोग लाट की पूजा किया करते थे और उन्होंने मुहम्मद को वहाँ नहीं रहने दिया। ख़ुराफ़ाती तत्वों ने उन पर पत्थर फेंके। बहते खून के साथ, मुहम्मद उतबा और शबा के बाग में पहुँचे। वे दोनों रबिया नामक एक आस्तिक के बेटे थे।

दोनों भाइयों ने उनकी तकलीफ़ देखी और उन्हें सुकून देने के लिए अपने दास एडस से उन्हें कुछ अंगूर देने को कहा। मुहम्मद ने अल्लाह का नाम लेते हुए उस भेंट को स्वीकार किया। “मैं सबसे दयालु अल्लाह के नाम पर शुरुआत करता हूँ।” इन शब्दों को सुन कर एडस, जो कि एक ईसाई था, भावुक हो गया।

मुहम्मद ने कहा, “आप यूनुस के अनुयायी हैं, जो एक पैग़म्बर थे। मैं भी एक पैग़म्बर हूँ।” एडस ने मुहम्मद के माथे को चूमा और उनकी कहानी अपने मालिकों को सुनायी।

मक्का की ओर वापस जाते समय, मुहम्मद एक रात नखला में रुक गए। जिन्नों ने उन्हें कुरान पढ़ते हुए सुना और इस्लाम धर्म को अपना लिया। काफ़िरों ने मुहम्मद को खत्म करने के लिए उनका पीछा किया। एक दयालु व्यक्ति मुतीम ने उन्हें पनाह दी। पैग़म्बर अल्लाह की जुबान का प्रचार करने के लिए पास के गांवों में जाने लगे।

मैराज की यात्रा

पैग़म्बर मुहम्मद ने अपनी चचेरी बहन, अबू तालिब की बेटी, हिंद, के घर कुछ समय बिताने का फैसला किया। उन्होंने एक रात हिंद के साथ ईशा की नमाज़ अदा की और अगली सुबह फज्र की नमाज़ भी अदा की। बीच में वह मैराज, यानी सात आसमानों की यात्रा पर गए। हिंद ने तब उनसे पूछा कि वह ऐसा करने में कैसे कामयाब रहे। मुहम्मद ने कहा, "जब मैं सो रहा था, जिबराईल छत के रास्ते आए, और मुझे क़ाबा के हातिम ले गए"। हातिम एक ऐसी जगह है, जहाँ कोई दुआ अनसुनी नहीं रहती। "उन्होंने मेरी छाती खोल दी। उनके पास एक सोने की तश्तरी थी। उन्होंने

तश्तरी का सामान मेरे सीने में डाल कर उसे वापस सिल दिया। फिर एक सफेद जानवर आया, जो घोड़े से थोड़ा छोटा था। हम उस पर सवार हो गए। थोड़ी ही देर में हम बैतुल मुकद्दस यानी अल्लाह के सबसे पाक घर पहुँच गए। वहाँ मैंने नमाज़ अदा की और सभी नबियों ने मेरे साथ नमाज़ अदा की"। इस प्रकार

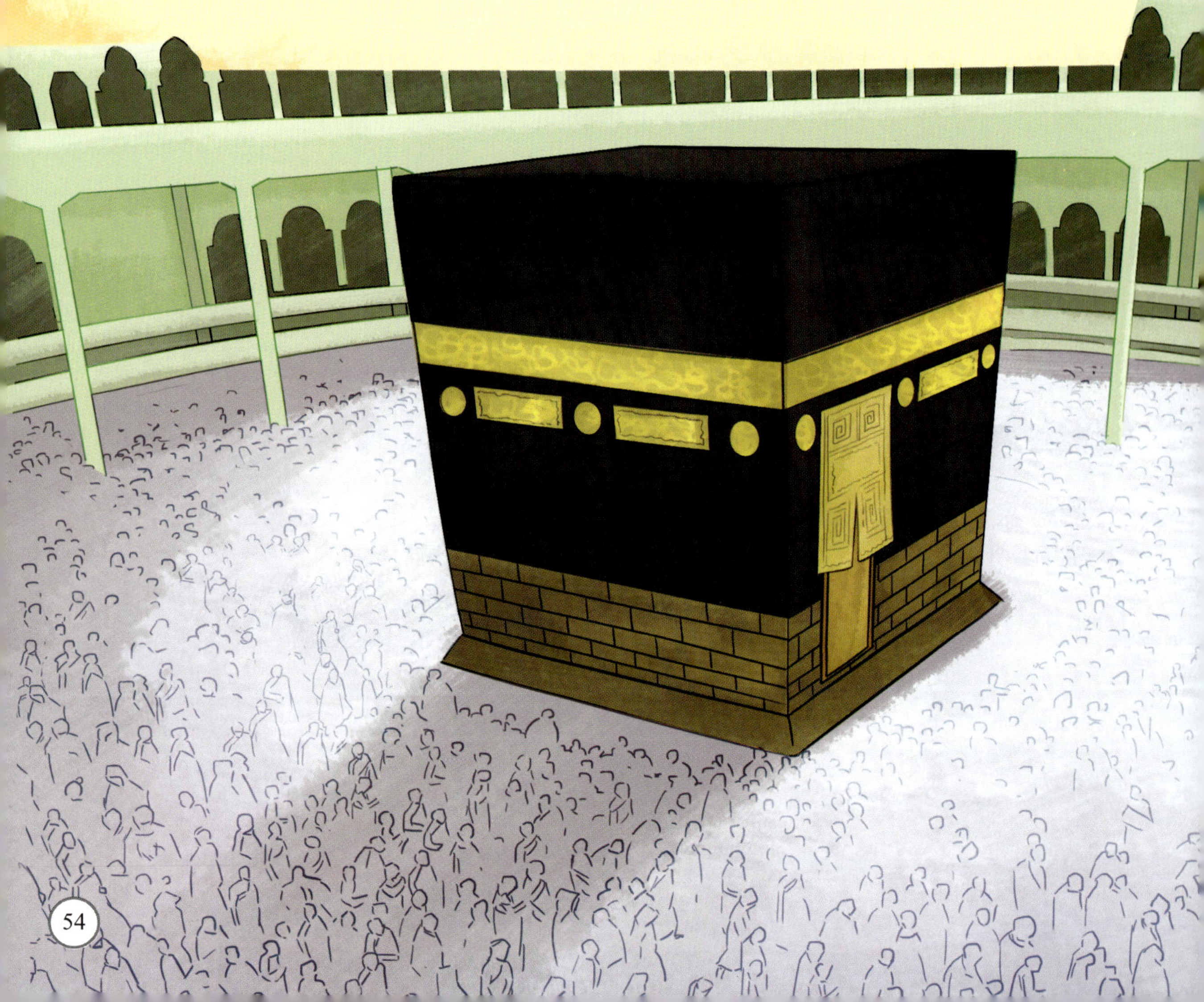

पैग़म्बर मुहम्मद की सात जन्नतों की यात्रा पूरी हुई, जिसके दौरान उन्होंने उन सभी पैग़म्बरों को देखा जो उनसे पहले आए थे। इसके साथ उन्होंने जन्नत और जहन्नुम के नज़ारे भी देखे। उन्होंने नमाज़ में बाकी पैग़म्बरों का नेतृत्व भी किया।

الله

हिंद ने उन्हें सलाह दी कि वह अपनी यात्रा के बारे में कुरेश कबीले को ना बताएं, क्योंकि वे उस पर विश्वास नहीं करेंगे। मुहम्मद ने यह कहते हुए इनकार कर दिया कि, “अल्लाह की मदद हमारे लिए काफ़ी है”। क़ाबा में उन्होंने अपनी यात्रा के बारे में सभी को बताया लेकिन केवल अबू बकर और कुछ

अन्य लोगों ने उन पर विश्वास किया। कई लोगों द्वारा उपहास किए जाने के बावजूद भी पैग़म्बर ने अल्लाह की जुबान का प्रचार जारी रखा, जिसने मक्का और उसके बाहर भी कई लोगों को आकर्षित किया। मदीना की खिजराज जनजाति ने इस्लाम कबूला। उन्होंने कहा कि स्थानीय यहूदियों ने पहले ही इस्लाम के आगमन की बात की थी। जब वह

वापस मदीना पहुँचे, वहाँ अन्य लोगों ने भी इस्लाम को अपनाया और विश्वास बढ़ता गया। एक साल के भीतर, मदीना में मुसलमानों की संख्या मक्का से अधिक हो गयी थी। मदीना के लोगों ने पैग़म्बर को अपनी जमीन पर आमंत्रित किया और पैग़म्बर ने इस आमंत्रण को स्वीकार किया।

1439 इस्लामिक कैलेण्डर

2018

34

2018					
SUN	1	8	15	22	29
MON	2	9	16	23	30
TUE	3	10	17	24	
WED	4	11	18	25	
THU	5	12	19	26	
FRI	6	13	20	27	
SAT	7	14	21	28	

मदीना की ओर हिजरत

जल्द ही, अल्लाह का एक दिव्य आदेश आया, हिजरत-प्रवास। दो और तीन के छोटे समूहों में, मुसलमानों ने मक्का से मदीना की ओर पलायन शुरू कर दिया। इसी के साथ हिजरी इस्लामी कैलेंडर की शुरुआत हुई।

सभी मुसलमान चुपचाप चले गए। मुहम्मद अल्लाह के आदेश का अबू बकर के साथ इंतज़ार कर रहे थे। मक्का के कुरेश कबीले को खतरा महसूस हुआ। उन्हें लगा कि मदीना जनजातियों से समर्थन लेकर, मुहम्मद उन पर हमला करेंगे। उन्होंने मुहम्मद को मारने की साजिश रची। फिर अल्लाह ने पैग़म्बर को मदीना जाने का आदेश दिया। कुरेशों ने उनके घर को घेर लिया। कुछ लोगों ने अपना धन मुहम्मद की निगरानी में छोड़ा हुआ था। उन्होंने अपने

चचेरे भाई अली को इसे वापस करने को कहा, और इसके बाद अपने साथ शामिल होने के लिए बुलाया। जैसे ही वह बाहर निकले, पैग़म्बर ने सूराह यासीन को पढ़ा, जो बड़ी मुश्किल घड़ी में पढ़ा जाता है, और कुरेश लोगों पर एक मुट्ठी धूल फेंकी, जिससे वह कुछ समय के लिए अंधे हो गए।

पैग़म्बर अबू बकर के घर पहुंचे, जहां उनकी पत्नी, आयशा, जो अबू बकर की बेटी थी, उनका इंतज़ार कर रही थी। मुहम्मद और अबू बकर अपने दुश्मनों से बचने के लिए मदीना से विपरीत दिशा में चले गए। पर कुरेशों ने अली को पकड़ लिया और उसे बेरहमी से पीटा। एक रिश्तेदार ने आकर उसे बचाया। सुराका ने, जो पैरों के निशान पढ़ सकता था, कुरेशों की पैग़म्बर

की तलाश करने में मदद की और एक गुफा की ओर ले गया। हमलावर गुफा में पहुँचे जहाँ पैग़म्बर मुहम्मद अल्लाह की इबादत कर रहे थे। उन्हें एक पुराना मकड़ी का जाला दिखाई दिया। वे यह सोच कर वापस लौट गए कि जिस जगह इंसान का आना जाना होता रहता है, वहाँ कोई मकड़ी आसानी से जाल नहीं बना पाती।

पैग़म्बर और अबू बकर ऊंट पर सवार हो कर गुफा से वापस लौटने लगे। उन्होंने पूरे दिन बिना रुके यात्रा की, जिसके बाद पैग़म्बर ने कुछ देर छाया में आराम किया। वह इस बात से अनजान थे कि एक घुड़सवार उनका पीछा कर रहा था। पैग़म्बर को आराम करते देख, सवार उनकी ओर लपका। पर उसके घोड़े के

पैरों ने रेत में जवाब दे दिया। घोड़े ने सवार को आगे फेंक दिया। सवार को महसूस हुआ कि पैग़म्बर को पकड़ना उसकी किस्मत में नहीं है, और उसने पैग़म्बर से माफी मांगी।

पैग़म्बर और उनका साथी, अबू बकर, मदीना के पास एक छोटे से गांव कुबा में अली से फिर से मिले। इसी जगह पैग़म्बर ने पहली मस्जिद की नींव रखी ।

हीरा में पहले खुलासे के करीब बारह साल बाद पैग़म्बर शुक्रवार को मदीना पहुंचे। मदीना के लोग लंबे समय से उनके आने का इंतज़ार कर रहे थे और उनका स्वागत करना चाहते थे। पैग़म्बर ने फैसला किया कि वे वहीं रुकेंगे, जहाँ उनका ऊंट रुकेगा। ऊंट साहल और सुहेल नाम के दो अनाथ भाइयों की जमीन पर रुका। पैग़म्बर ने उनसे वह जमीन खरीदी और वहां एक मस्जिद बनाई।

मदीना के स्थानीय लोग, अंसारियों ने, सभी मुसलमानों को अपनाया और उन्हें भाइयों की तरह माना। पैग़म्बर ने मदीना के यहूदियों को उनके जीवन और धर्म

की स्वतंत्रता के अधिकारों का आश्वासन दिया। उन्होंने घोषणा की, कि अगर मदीना पर हमला किया गया तो मुसलमान और यहूदी मिलकर लड़ेंगे।

बद्र और ओऊध की जंग

कुरेशों ने मदीना पर नए हमले की योजना बनाई। पैग़म्बर ने तब मक्का जाने के लिए एक छोटी सेना का गठन किया। लड़ाई बद्र में हुई। कुरेशों के पास एक बड़ी सेना थी। लेकिन पैग़म्बर को बहुत ही कम सैनिकों का अंदाज़ा था। पैग़म्बर और उनके सिपाही दुश्मन को कमजोर मानते थे, और वे दुश्मन के शिविर में तबाही मचाने में कामयाब रहे, जिसमें अबु जहल मारे गए। मुसलमान विजयी हुए, हालांकि उनमें से चौदह लोग शहीद हो गए। अगली लड़ाई ओऊध के मैदानों और पहाड़ियों पर हुई। इस लड़ाई में कुछ मुस्लिम तीरंदाज पैग़म्बर मुहम्मद की सलाह के खिलाफ, मक्का वासियों पर हमला करने के लिए अपनी चौकी छोड़ कर आगे बढ़ गए। मक्का के घुड़सवारों ने मदीना की सेना को हक्का बक्का कर दिया। ओऊध की लड़ाई मुसलमानों के लिए एक झटका थी। खुद पैग़म्बर सहित कई मुसलमान घायल हो गए। अगली

लड़ाई–ट्रेंच की लड़ाई–को जीतने के लिए मुसलमानों को तीन साल तक इंतजार करना पड़ा और उन्होंने पैग़म्बर की बुद्धिमत्ता का सहारा लिया। हालांकि इस बार भी मदीना के सिपाही संख्या में कम थे, पर उन

सेनानियों ने दुश्मन के घुड़सवारों के मार्ग में खाइयाँ खोदीं, और उसे बहुत कमजोर कर दिया। अंत में, एक कठिन लड़ाई के बाद, मुसलमानों ने अपने दुश्मनों को हराया और शांति से मदीना आ गए।

हज और आख़िरी पैग़ाम

मुसलमानों ने मक्का वासियों को हराया था और दोनों पक्ष शांति के लिए सहमत थे। हालांकि मक्का वासियों ने अपनी बात नहीं रखी। जवाबी कार्यवाही में मदीना की सेना ने 630 ईसवी में मक्का की घेराबंदी की। मक्का के पराजित होने के बाद, पैग़म्बर ने मक्का वासियों को क्षमा करते हुए माफी आदेश जारी किया। इससे प्रभावित हो कर मक्का में बहुत से लोग इस्लाम धर्म में परिवर्तित हो गए। पैग़म्बर ने हज करने का फ़ैसला किया।

क़ाबा की यात्रा पूरी करने के बाद, उन्होंने माउंट अराफात में अपना अंतिम उपदेश दिया, जहां उन्होंने अपने साथियों से कहा कि कोई भी अरब गैर-अरब से बेहतर नहीं है, और न ही एक श्वेत व्यक्ति एक काले से बेहतर है; सभी मुसलमान एक ही भाईचारे का हिस्सा हैं। उन्होंने अपने अनुयायियों को याद दिलाया कि पुरुषों और महिलाओं के एक दूसरे पर कुछ अधिकार हैं और कहा कि महिलाएँ "पुरुषों की साथी" हैं। उन्होंने अपने अनुयायियों से कहा कि वे रिबा (सूद) ना लें और कुरान और पैग़म्बर के रिवाजों का पालन करें।

मदीना लौटने पर पैग़म्बर बीमार पड़ गए और 8 जून, 632 ईसवी को 63 वर्ष की आयु में उनका निधन हो गया। उन्हें मस्जिद-ए-नबवी में दफनाया गया जो मदीना में बनी पहली मस्जिदों में से एक थी।

OTHER TITLES IN THIS SERIES